LA POPULATION

ET

LA BEAUTÉ.

ODES.

A LONDRES,

Et se trouvent, A PARIS,

Chez CAILLEAU, rue S. Jacques, près les Mathurins,
à S. André.

M. DCC. LXIV.

LA France cependant alors moins affermie,
N'avoit pas étendu, fur fa force endormie,
L'empire de nos Rois.
Vous n'aviez pas encor fléchi fous la victoire,
Vous, immenfes pays, que les mains de la Gloire
Ont foumis à nos loix.

❀

LE luxe plus cruel que la guerre & la pefte,
N'avoit pas infecté de fon fouffle funefte.
Les mœurs de nos ayeux.
Attachez à l'Hymen, jaloux de fes délices,
Ils n'auroient pas ofé profaner par des vices
Le plus facré des nœuds.

❀

D'UN divorce poli les adroites maximes
N'avoient pas étouffé, du plus affreux des crimes,
La honte & les remords.
Leurs plaifirs s'uniffoient à des vertus févères:
Par des enfans nombreux, fiers d'imiter leurs peres,
Ils comptoient leurs tréfors.

❀

SITÔT que de l'amour les éloquentes flammes
Leur faifoient éprouver le befoin de leurs ames,
Par des tranfports nouveaux.
Ils couroient à l'autel confacrer leur tendreffe,
Et l'Hymen amoureux, aux yeux d'une maîtreffe
Allumoit fes flambeaux.

❀

MAIS l'Hymen avili n'eſt qu'un Dieu mercenaire :
L'Epouſe la plus riche eſt celle qui doit plaire ;
   L'or ſeul peut nous charmer.
De peres inhumains, maximes tyranniques !
Quoi ! vous oſez ſoumettre à des calculs iniques
   Le doux plaiſir d'aimer !

     ❁

QUELLE poſtérité ne doit-on pas attendre
De deux Epoux unis par le nœud le plus tendre
   Du cœur & de l'eſprit ?
La plante qui s'élève en rameaux floriſſante,
Tient ſa fertilité de la vertu puiſſante
   Du ſol qu'elle chérit.

     ❁

AH ! c'eſt l'Amour lui ſeul qui doit peupler le mon-
 de :
Il eſt le créateur des Etres qu'il féconde
   De ſon ſouffle brûlant.
Les enfans de l'Amour ſont beaux & pleins de
 force ;
Ceux qu'il n'a point formés n'ont qu'une foible
 écorce
   Qui couvre un corps tremblant.

     ❁

QUOI ! l'amour conjugal n'eſt-il donc plus qu'un
 crime ?
On rougit de ſes feux ; ſous l'erreur qui l'opprime,
      A iij

Il gémit abbatu.
Infame préjugé, qui parmi nous circule!
Faut-il que la vertu se change en ridicule,
Et le vice en vertu?

JOUET d'un vil desir que le caprice augmente,
Ce mortel que chérit une Epouse charmante,
Méprise ses appas,
Et payant des plaisirs où la honte le guide,
Court dans les bras trompeurs d'une Laïs perfide
Acheter le trépas.

VIENS donc voir, malheureux! ton Epouse éplo-
rée.
Entends-tu les soupirs d'une ame déchirée,
Qui réclame ta foi?
Elle te dit: Cruel! viens essuyer mes larmes,
Déjà mon désespoir auroit flétri mes charmes,
S'ils n'étoient pas à toi.

VOUS êtes plus cruels, vous Epoux inutiles,
Qui, contens d'un seul fils, osez être stériles,
Jaloux de l'enrichir.
Vous qui préoccupés de sa grandeur future,
Dans vos embrassemens, arrêtez la Nature,
Et trompez son desir.

Mais ce fils qui devoit, comblant votre efpé-
rance,
Peut-être foutenir un nom cher à la France,
      Difparoît à vos yeux.
Le trépas vous l'enlève, & détruit votre ouvrage,
Quand les rides du tems, ou le libertinage,
      Ont épuifé vos feux.

Ainsi punit le Ciel, peres inexorables,
Qui traînant à l'autel des enfans déplorables,
      Précipitez leur fort.
D'un zèle intéreffé fanatiques Apôtres,
Qui, pour le bien d'un feul, ofez frapper les
autres
      Du glaive de la mort.

A quoi fervent encor ces veuves imprudentes,
Qui, fouvent d'un amant maîtreffes dépendantes,
      Prônent la liberté?
Et ces Atis unis à de vieilles Cibèles,
Qui, fans porter des fruits, veulent fixer pour
elles
      Les ardeurs de l'Eté?

O loix, de nos abus, arrêtez les exemples;
Diminuez enfin le nombre de ces Temples
          A iv

Au fçavoir élevés ;
Lieux qui de la molleffe afyles favorables,
Immolent au repos des fujets innombrables
A nos champs enlevés.

SUR tous les Citoyens répandant l'opulence,
Etabliffez entre eux cette jufte balance,
Sûr appui des Etats.
Entretenir, fixer, l'abondance publique,
C'eft, fuivant les calculs, fruits de la politique,
Multiplier les bras.

Loix faintes, fous vos coups que la licence ex-
pire !
C'eft à l'ombre des mœurs que s'étendra l'empire
De l'Hymen refpecté.
Ah ! réformez auffi ces droits qui trop févères,
Enrichiffent l'aîné pour étouffer fes frères
Et leur poftérité.

SI l'Hymen délaiffé languit dans l'efclavage,
De fon cruel tyran, du luxe qui l'outrage,
Repouffez les affronts.
Faites aimer par-tout fa puiffance affermie,
Et que le célibat foit comme une infamie
Empreinte fur nos fronts.

Nous verrons ces mortels qui vivent pour eux-
mêmes,
De leur indifférence abjurer les syftèmes,
  Qu'un faux orgueil chérit ;
Frivoles Citoyens que leurs jours dèshonorent,
Arbres infructueux, & qui pourtant dévorent
  Le fol qui les nourrit.

    ✻

L'Agriculture alors épanchant fes largeffes,
Reprendroit fa vigueur, pour combler de richef-
  fes
   Ses Sujets triomphans.
Renais de tes débris, Souveraine du monde,
Sois l'appui de la France & la mère féconde
   D'innombrables enfans.

    ✻

Helas ! tu crains pour eux le joug de la mifère ;
A l'afpect de leurs maux, une douleur amère
   A defféché ton flanc.
Pouvois-tu voir l'orgueil, les accablant d'inju-
  res,
Se plonger furieux dans leurs larges bleffures,
   Pour mieux puifer leur fang ?

    ✻

O Laboureurs ! qu'infulte une grandeur cruelle,
Par d'utiles travaux vous méritez mieux qu'elle,

Les titres glorieux.
Eh! que font près de vous les Héros de la guerre?
Ils font, par leurs exploits, les fléaux de la terre;
Vous en êtes les Dieux?

Ah! puiffent vos tréfors, dans des routes faciles,
Promener leur commerce exempt des loix fervi-
les,
Qui lui donnent des fers!
Oui, cette liberté, couronnant vos fatigues,
Peut changer les marais en des plaines prodigues,
Et peupler les déferts.

Dès que l'Anglois fuivit ces maximes prudentes,
Le befoin difparut, des moiffons abondantes
Jaunirent fes guérets;
Et d'un joug ruineux Albion affranchie
A vû multiplier de fon Ifle enrichie
Les biens & les Sujets.

Ah! fi de nos befoins nous étendons la chaîne;
Ah! fi l'or nous enflamme, une mine certaine
N'attend que nos efforts.
Cérès, viens par ton luxe embellir ma patrie,
Qu'à l'afpect de tes dons, tout un peuple s'écrie:
Voilà nos vrais tréfors.

LA BEAUTÉ

LA BEAUTÉ.

O D E.

Vainqueurs ambitieux, dont la valeur s'é-
    lance
Pour frapper les mortels qu'épouvantent vos loix,
N'êtes-vous pas heureux, quand la terre en si-
    lence
       Tremble au récit de vos exploits ?
Non : l'amour vous soumet, il foule vos tro-
    phées :
Par les mains de ce Dieu vos foudres étouffées
       Laissent respirer l'Univers.
Pleurez, tombez aux pieds de votre Souveraine ;
       C'est la Beauté qui vous enchaîne ;
Elle parle, & le monde est vengé de vos fers.

Déesse, dont la voix nous donne un nouvel être,
Tu forças en tout temps l'hommage des mortels :
Tu vis les mœurs changer, & les Arts disparoî-
    tre,
       Immobile sur tes autels.

Malheureux! qui pour toi n'a pû verfer des lar-
mes,
O Déeffe! Le cœur infenfible à tes charmes
Pourroit-il être généreux?
Tu diffipes fouvent l'erreur qui nous égare,
Et l'homme ftupide, ou barbare,
Eft celui que jamais n'embraferent tes feux.

ALCIDE en reculant les bornes de la terre,
Pour étendre ton culte affronte les hafards;
Et Théfée aux Tyrans ne déclare la guerre,
Que pour s'attirer tes regards.
Aux monftres rugiffans, victime abandonnée,
Andromède gé-it fur un roc enchaînée;
Ses cris appellent un vengeur.
Que le fecours eft prompt quand la Beauté l'im-
plore!
Le fils de Danaë l'adore,
Il court, le péril ceffe, & l'Amant eft vainqueur.

O France! à tant d'exploits, dont l'éclat t'envi-
ronne,
Ce génie animoit tes braves Chevaliers;
Les Dunois, les Guefclins, ces enfans de Bel-
lone,
A l'Amour portoient leurs lauriers.

Ah ! dans ces temps l'Amour, maîtrifant la Vic-
toire,
Couronnoit les guerriers ; & fous l'œil de la gloi-
re,
  Ils obtenoient le nom d'Amant.
Dans les champs de l'honneur, comme Pallas ar-
mée,
  Que la Beauté guide une armée,
Et le Sort n'ofera balancer un moment.

EH ! pourquoi refpecter ce préjugé funefte,
Qui veut l'enfevelir dans l'ombre du repos ?
Mortels pourquoi vous feuls, par un titre célefte,
  Auriez-vous les droits des Héros ?
Ainfi de nos vainqueurs nous faifons des efcla-
ves !
De ce fexe enchanteur, d'odieufes entraves
  Rendent l'effor infructueux.
Ce ruiffeau qui s'enfuit dans le cours qu'on lui
trace,
  Loin des bords fleuris qu'il embraffe,
Eût promené fes eaux, fleuve majeftueux.

HELAS ! à des talens que notre orgueil redoute,
Par de bifarres loix nous ouvrons un tombeau,
Pour forcer la Nature à fuivre une autre route,
  Nous en éteignons le flambeau !

Eh ! comment voulez-vous que la Beauté timide,
Oisive par devoir, puisse d'un vol rapide
    Atteindre nos lauriers brillans ?
Quand nous la destinons aux fleurs qui la couron-
  nent,
    Quand tous les jeux qui l'environnent,
De son fécond génie arrêtent les élans.

CE n'est point dans les champs, embellis par
  l'aurore,
Que se forment la foudre & les brûlans éclairs ;
L'aigle altier amolli dans les jardins de Flore,
    Eût perdu l'empire des airs.
Au seul desir de plaire Elise abandonnée,
N'eût point de ses Etats, fixant la destinée,
    Entrepris de nobles travaux.
Carthage en s'élevant menace l'Italie ;
    Et l'ombre de Didon trahie,
Erre autour d'Annibal & guide ses drapeaux.

QUAND Saturne voulut, de l'homme encor sau-
  vage,
Plier au joug des loix l'indocile fierté,
Du bonheur de la terre il commença l'ouvrage,
    En faisant naître la Beauté.
La Cour des immortels chez Thétis descendue,
Vit du sein de la mer, dans son cours suspendue,
        Eclorre

Éclorre l'objet de nos vœux.
Dans le char des amours Vénus fortit de l'onde,
Et jufqu'aux limites du monde
Cette voix rétentit : mortels foyez heureux.

❋

Bore'e alors charmé des appas d'Orithie,
Abandonna les airs au fouffle du Zéphir ;
Et Phœbus enflammé par les yeux de Clitie,
Lançoit les rayons du plaifir.
Dans ces temps la Beauté, fille de la Nature,
Sur cet art dangereux qu'étale l'impofture,
N'établiffoit point fon pouvoir ;
Compagne des vertus, elle ne touchoit l'ame,
Que pour la remplir d'une flamme,
Dont l'ardeur bienfaifante infpiroit le devoir.

❋

Mais fitôt que du Styx entr'ouvrant les abîmes,
La Licence eût vomi les défirs effrénés,
Efcortés des Fléaux, on vit fondre les crimes
Sur les Elémens déchaînés.
Quelle ardeur te dévore, ô ! fille de Cinire ?
Le char du Dieu du Jour, dont la lumiere expire,
Recule indigné de tes feux.
Hélène ! quels malheurs vont fignaler tes charmes?
Le trépas, le deuil & les larmes,
Seront de ta beauté les tributs douloureux.

❋

B

LA Difcorde a mugi, déjà Troye enflammée,
N'eft plus qu'un tourbillon qui roule dans les airs.
Le fang coule, & de morts cette plaine femée
　　　　S'abîme & les rend aux Enfers.
Quel fpectacle effroyable! Entendez-vous Caf-
　　fandre,
Sur un monceau fumant de fa patrie en cendre,
　　　　Frapper les Cieux de cris perçans?
Les cheveux hériffés & couverts de pouffière,
　　　　Des temps elle ouvre la barrière,
Et d'une voix lugubre éxhale ces accens.

O fatale Beauté! quel démon fur tes traces,
Du Tenare irrité déchaîne les horreurs?
Le glaive de Mégère eft dans les mains des Graces,
　　　　L'Amour eft le Dieu des Fureurs.
Quel eft ce Roi meurtri renverfé de fon trône?
Barbare Clitemneftre! Eh quoi! le Ciel qui tonne
　　　　Ne tient pas ton bras fufpendu?
Et toi, Sémiramis! Toi, Reine forcenée,
　　　　Du fang de ton époux baignée,
Tu le traînes mourant à tes pieds étendu!

JE vois Scilla trahir fon père, fa patrie,
Et fuivre de Minos les drapeaux triomphans;
L'Amante de Jafon, implacable Furie,
　　　　S'arme, elle immole fes enfans!

Eh quoi ! le doux Zéphir enfante-t-il l'orage ?
Les ris, l'œil menaçant étincelent de rage,
    Les plaiſirs creuſent des tombeaux !
La Beauté n'eſt jamais que la vertu parée.
    Et doit-elle être révérée,
Dès que de la Diſcorde elle tient les flambeaux ?

QUELLE Reine à ſa Cour appelle d'un ſourire,
L'Amour qui dans ſes mains remet ſes traits vain-
    queurs ?
Parmi les jeux rians que ſa préſence attire,
    Un ſerpent ſe couvre de fleurs.
C'eſt Cléopâtre ! ô Ciel ! que d'Amans elle en-
    chaîne !
Antoine, fuis ſes yeux ; fuis l'abîme où t'en-
    traîne
    De tes feux la trompeuſe ardeur.
Tu combats : Actium enſevelit ta gloire ;
    Octave te doit la victoire,
Et va ſur ta foibleſſe élever ſa grandeur.

QUE vois-je ? de Thémis l'Amour briſe l'égide.
O timide Vertu ! quel ſera ton appui ?
Vénus ſe montre, parle, & le crime intrépide
    Échappe au fer levé ſur lui.
Victime des deſirs qu'un regard fait éclorre,
L'Innocence à genoux des forfaits qu'elle ab-
    horre,

Subit la honte & le tourment.
Mais des Dieux irrités la vengeance implacable
Punira la Beauté coupable,
En bornant sa durée à l'éclat d'un moment.

Eh quoi ! cette Beauté, Reine autrefois altière,
Rampe dans l'esclavage en proye à des tyrans ;
La Terreur veille autour d'une affreuse barrière,
Qui garde ses appas mourans !
Feignant tous les desirs qu'un maître lui commande,
Sans éprouver l'amour qu'un barbare demande,
Elle se prosterne à sa voix.
Dieux ! vengez ses affronts, votre gloire est la même ;
Et que sa puissance suprême,
Dans un climat chéri fasse entendre ses loix.

Mes vœux sont exaucés ! un Héros de ma race,
Francus d'un vaste Etat jette les fondemens ;
La Valeur l'accompagne, & le Destin lui trace
De la Seine les bords charmans.
D'un peuple généreux dans ces lieux adorée,
La Beauté bienfaisante & des graces parée,
Embellit tout de ses regards :
Elève des talens que sa présence inspire,
Elle en soutient l'aimable empire ;
Le règne des amours est celui des beaux Arts.

F I N.

www.ingramcontent.com/pod-product-compliance
Lightning Source LLC
Chambersburg PA
CBHW061511170626
46811CB00004B/1702